La obra maestra de Sofía

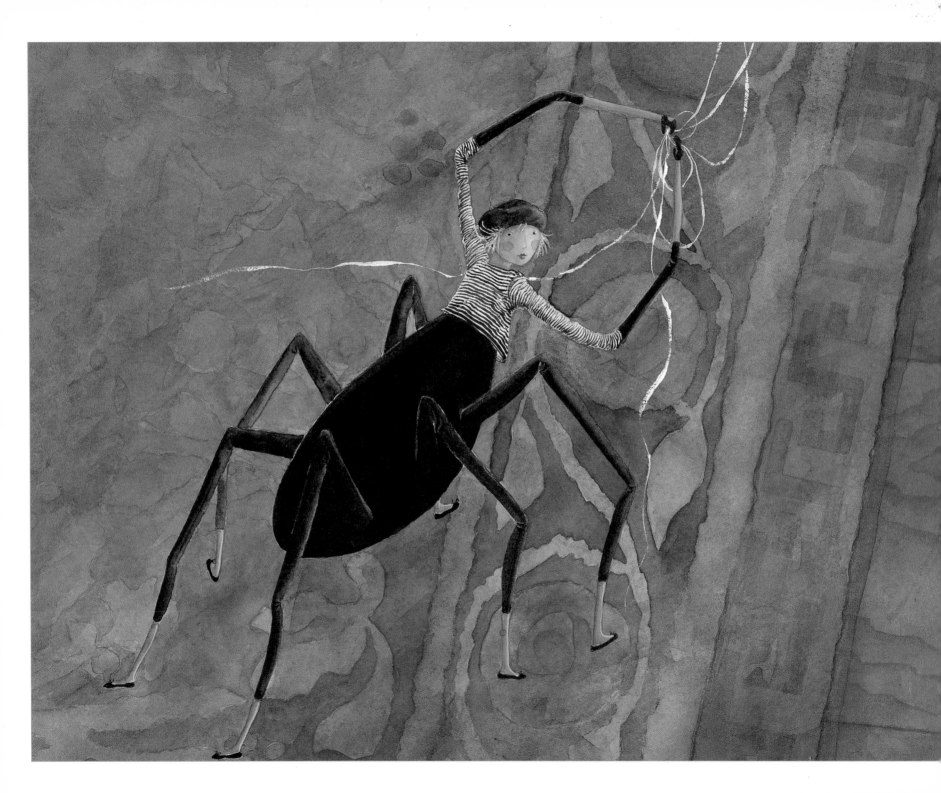

La obra maestra de Sofía

Un cuento de arañas

escrita por EILEEN SPINELLI   ilustrada por JANE DYER

SerreS

Título original: Sophie's Masterpiece

Adaptación: José Morán Orti y Marta Ansón Balmaseda

Texto © 2001 Eileen Spinelli
Ilustraciones © 2001 Jane Dyer

Editado por acuerdo con Simon & Schuster Children's Publishing Division, New York

Primera edición en lengua castellana para todo el mundo:
© 2003 Ediciones Serres, S. L.
Muntaner, 391 - 08021 – Barcelona

www.edicioneserres.com

Fotocomposición: Editor Service, S.L.

ISBN: 84-8488-052-4
D.L.:B-28.252-2003

Para Mary y Tony M.
y Jennifer D.,
a quienes les encantan las arañas,
y para Eileen G.,
a la que no le gustan absolutamente nada,
excepto Sofía
—E. S.

Para Marilyn Marlow, con cariño.
—J. D.

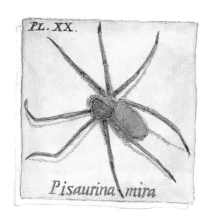

P.L. XX.

Pisaurina mira

Sofía no era una araña cualquiera.

Sofía era una artista.

Tejía las telas de araña más maravillosas que nadie jamás hubiera visto. Sus compañeras decían que era fantástica. Y su mamá estaba francamente orgullosa.

Todos estaban seguros de que algún día
Sofía tejería una obra maestra.

Cuando Sofía se hizo mayor, decidió irse a vivir
su vida, y se mudó a la Pensión Beekman.

Lo primero que hizo fue explorar el lugar. Paredes sucias, alfombras descoloridas, ventanas polvorientas... El lugar necesitaba urgentemente de las artes de Sofía.

Y la arañita puso manos a la obra. Para empezar, decidió tejer unas cortinas para el salón.

Día tras día, Sofía cosía con gran rapidez mezclando el hilo dorado de los rayos del sol con la seda que ella misma fabricaba.

Hasta que un día…

—¡No quiero arañas en mi salón! —gritó la dueña de la pensión al descubrir a la pequeña araña. E intentó aplastarla con el trapo del polvo.

Sofía, viendo que no era bien recibida, se escabulló escaleras arriba, y se escondió en el armario de un viejo marino, capitán de barco, que vivía en la pensión.

Una vez se instaló, echó una ojeada a su alrededor, y se dio cuenta de que dentro del armario todo era gris: las camisas, los pantalones y hasta los jerséis eran de color gris.

—El capitán necesita un traje nuevo —decidió Sofía. —Algo llamativo. Algo azul. Tan azul como el cielo. —Y empezó a tejer.

Hasta que un buen día el capitán la vio. Y chilló:

—¡Una araña!. Se encaramó de un salto en la ventana y salió al tejadillo.

Sofía no quería que nadie se cayera por su culpa. Así que silenciosamente se deslizó por el pasillo y se coló en una zapatilla de la cocinera.

Las zapatillas de la cocinera estaban sucias y remendadas.

—Le tejeré unas nuevas —se dijo Sofía, a pesar de que empezaba a estar cansada de tanto grito y ajetreo. Y justo cuando iba a acurrucarse para descansar notó una sacudida que la tiró al suelo.

—¡Un terremoto!

No. Era la cocinera.

—Puaj —dijo la mujer frunciendo el ceño.

—Qué araña más asquerosa.

Lo había conseguido. Esta vez Sofía se sintió francamente dolida. Con gran dignidad caminó por la moqueta y se escurrió bajo el quicio de la puerta. Luego subió por las escaleras hasta el tercer piso, en el que vivía una joven muchacha. Sofía, agotada, se escondió en su cesta de labor y se quedó dormida.

A estas alturas de la historia, habían pasado el equivalente a muchos años en la vida de una araña, y cuando Sofía se despertó era ya una respetable anciana. No tenía fuerzas más que para tejer cosas pequeñas: una funda de flores para su almohada, ocho calcetines de colores para cada una de sus patas...

Sofía tejía. Pero, sobre todo, ahora Sofía dormía.

Un día la muchacha la descubrió.

—¡Oh, no! —suspiró la arañita tapándose los oídos y a punto de llorar, pues no tenía la fuerza para emprender más viajes.

Pero la joven no golpeó a Sofía con el trapo del polvo.

Ni se escapó chillando por la ventana.

Tampoco la insultó.

Simplemente, le sonrió.

Y, con mucho cuidado para no molestarla, sacó de la cesta una madeja de lana y unas agujas.

Sofía pasaba los días mirándola tejer y tejer.

—¡Son botitas! —exclamó la araña cuando por fin la labor estuvo terminada. O sea, que la joven iba a tener un bebé.

Cuando terminó las botitas, la muchacha tejió una chaquetita.

Pero cuando la terminó, no pudo seguir tejiendo, porque se había terminado la lana y no tenía dinero para comprar más. ¡Y ella que quería una manta para su bebé!

—No te preocupes —le dijo la dueña de la pensión.

—Hay una vieja manta marrón en el armario del pasillo. Puedes usarla.

Sofía había visto la manta. Era muy fea y muy áspera. No servía para un bebé.

Entonces Sofía decidió que tendría que tejer la mantita ella misma.

En sus buenos tiempos, aquello no hubiera supuesto ningún problema. Pero ahora estaba muy débil y viejecita, y el bebé podía llegar en cualquier momento. ¿Terminaría la manta a tiempo?

Sofía salió de la cesta de costura y se encaramó en el alféizar de la ventana.

Los rayos de la luna invadían la habitación.

—¡Perfecto! —pensó.

—Los utilizaré como hilos plateados para hacer la manta. Y pondré también un poco de luz de las estrellas.

Sofía empezó. Y a medida que tejía, se le iban ocurriendo nuevas cosas que añadir a la hermosa tela... Ramitas de pino, reflejos de la noche, copos de nieve, retazos de nanas...

Sofía tejía y tejía, sin pestañear.

Sin comer.

Sin dormir.

Jamás había estado tan cansada, pero a la vez, nunca se había sentido tan ilusionada.

Y seguía y seguía.

Estaba dando las últimas puntadas
cuando oyó el llanto del bebé recién nacido.
Y entonces, fue allí, en esa última
esquinita de la manta, donde Sofía
entretejió su propio corazón.

Aquella noche, cuando la joven madre fue a tapar a su hijito con la manta vieja, algo en la ventana llamó su atención.

Era una manta, una manta tan suave y hermosa que parecía tejida para un príncipe. Y la muchacha supo enseguida que aquella no era una manta cualquiera.

Maravillada, la colocó suavemente sobre el bebé, que dormía. Y se acostó, apoyando la mano sobre la obra de Sofía.
Su última obra. Que era, en verdad, una obra maestra.

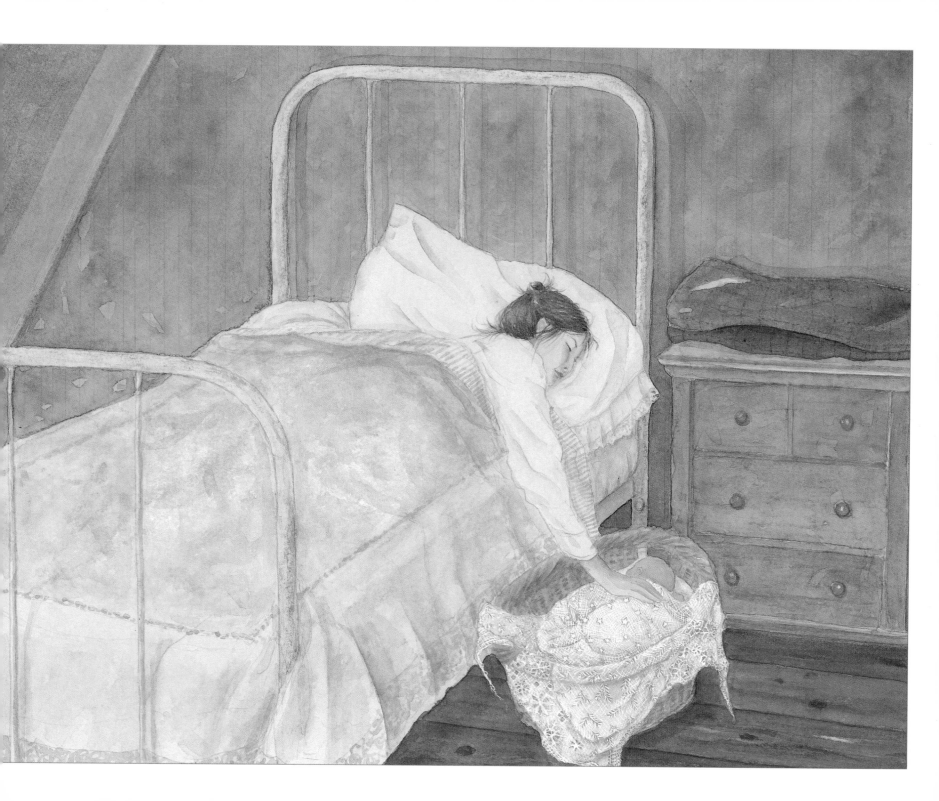

F I N